KB132124

쌍칼이라 불러다오
윤성학 시집

문학동네시인선 040 윤성학

쌍칼이라 불러다오

시인의 말

당신이라는 이름의 수많은 가능성 또는 불가능성들.
그리하여 시의 적절함에 대해
시옷에 대해
묻지 않고 오래 생각했다.
아무에게도 묻지 않고 혼자 오래 생각해
기어이 틀린 답을 구하는 어리석은 산수였다.

식물원에서 나무화석을 만져본다.
모든 시는 나무로부터 오는 것,
화석이 되어서라도 이 지구에 남을 수 있을까.
두번째 첫 시집이라고 말해본다.
내가 아직 쓰지 않은 것들이 그립다.

2013년 5월
윤성학

차례

1부

열병합발전소

우렁차게 울려퍼지는 함구령이다

늦은 밤 성산다리를 넘어 맞닥뜨린 발전소는 거룩했다
뜻이 높은가 굴뚝이 높았다

예의 바르게 발언권을 청하는 오른팔이다
중생대부터 너를 그리워했다고
안에서 타는 말들을 정연하게 풀어놓아본 사람은 안다
나와 당신도 언젠가 화석연료가 되어
오백만 년 후의 밤하늘에 울려퍼질 것이라고

말은 말이 되지만
말이 되지 못한 것이 열병이 된다
열병과 열병이 모이고 열병이 뭉쳐 저리 타오른다
굴뚝은 열병을 장전하여 쏘아올리는 포신이다
말을 만들려고 더듬거리는,
내 입술을 가로막는 너의 검지손가락이다

57분 교통정보

늦도록 막혀
차간거리 좁히며 가다 서다를 반복한다
그어놓은 금에 가 서는 것
교통이란
길 위의 금을 따라가며
끊임없이 누군가의 뒷모습과 이야기하는 것
그들의 뒤꿈치를 따라
나도 누군가에게 뒷모습으로 정체되어 있었다

오늘도 끝내 누구와도 마주서지 못했다
이 길을 오래 다닌 사람들이 말하기를
결국 교통이란 자신의 몸을 세워둘
네모 칸 하나 찾아가는 일
홀로

네모 안에 바퀴를 세우고 몸을 빼냈다

원주율의 속도로 걸어들어와 좁고 선득한 나의 방
문을 여니
먼저 와서 의자에 앉아 있던 방의 주인이 얼굴을 돌린다
그리하여 오늘 단 한 사람과 비로소 서로를 바라보았다
형광등 불빛이 채 다 밝아지지 않은
하루가 스러지기 겨우 3분 전 즈음에

관(管)

지구상에서 가장 개체수가 많은 종(種)이다
혼자이면서 집합
부분이면서 전체이다
생식하지 않으나 번식한다
대부분의 도시는 그들이 지배한다
지구상에서 가장 강력한 종이다

혈혈단신 시베리아를 횡단하거나
사막을 달려와 문명의 교차로에 이르러서는
담담히 도시 게릴라전을 치러내는 잔혹성

새벽에 깨어 들어보라
벽 속에 숨어 움직이는 레지스탕스
이들이 지구를 지배한다

이름을 갖지 않은 채 태어나
자신이 품은 것에 따라 이름을 바꾸며 빠르게 변화한다
사막을 달릴 때 그는 송유관이라 불리는 전사였다
가스와 상수도와 냉장고 내부를 장악한 후
동물과 식물의 몸에까지 파고들어
혈관과 물관으로 번식한다

이들이 세상을 지배할 수 있었던 것은

이곳과 저곳을 연결해야만 살아남을 수 있는
종의 본질
몸의 중심을 천공으로 비워둔 채 태어나는
종의 전략 때문이다

데미안

시간은 알을 깨고 나온다

가스레인지 모서리에 계란을 두드리는 소리를 들으며
나는 잠을 깨 밖으로 나왔다
시간은 자신이 낳은 알을 쪼고 있었다

琢탁琢탁

계란이 가장 맛있는 프라이로 되는 시간은 2분이며
세상을 가장 맛있게 먹는 방법은 이분법이지
헷세가 탁자 위에 계란을 돌리며 말했다

돌던 계란을 잡았다가 놓았을 때
그대로 탁, 멈추면 삶은 알
멈추는 듯 다시 돌기 시작하면 날 것이다
젊은 괴테가 슬펐던 것은 관성 때문이었어
헤, 헷, 헷세가 말을 더듬었던 것도 같은데

관성이 삶에 작용한다는 것은
그 삶이 삶겨지지 않은 까닭이므로
젊은 시인이 슬픈 것은
관성 때문이 아니라
네가 가진 계란은 죽었니 살았니 묻는 이분법

어느 날부턴가 누군가 묻지 않아도
그 물음이 얼마나 편한 것인지 나는 알고 있었다

남자는 허리다

이번엔 주차장이었다
가로막아선 차를 치우고 빠져나가려
밀다가 화득,
불침이 남자의 허리를 찔렀다
그 차 뒤에 또다른 차가 바싹 붙어 있어
허리를 깊이 숙이지 못하고 어중간히
1자로 선 채 힘을 길어올리다가
당했다

파스를 붙이고 남자는 하룻밤을 들끓었다
허리를 짚고 절뚝거리며 걷다가
멈춰 서 숨을 몰아쉬던 순간,

힘을 부려 누군가를 움직이려 할 때
내가 1이었던 적이 많았다
고개 숙이고 몸을 굽혀
깊숙이 들어가는 법을 몰라 뻣뻣했다
허리가 성치 못했다
나랏말씀의 첫 자음이 몸을 굽히고 있는 이유
누군가를 미는 힘의 처음이란 어떤 것이어야 하는지
남자의 허리가 뜨겁다

이번엔 이 정도로 끝났지만

빳빳이 서서 함부로 굴다가
언제 한번
제대로 끊어질지 모른다
남자, 허리

무정차역을 위하여

흔들어보았으나 그녀의 문은 닫혀 있었다
폐경은 사람에게만 오는 것이 아니다
초조(初潮)를 축하하는 팡파르도 있었을 것이다
문 앞에 한 남자, 선 채
유리에 비쳐 흔들린다

철도가 표준시간을 만들었다*
기차가 도시와 도시를 이으며
서로 다르던 시침을 맞춰갈 때
열차시간표가 표준시를 낳은 것이다

그녀도 표준시간이 거느린 한 식솔이었다
세상은 빈번한 것들을 기억한다
자신도 모르게 표준에서 밀려난 채
그리하여 사람의 시간이 그녀를 비껴가면

문 앞에 한 남자, 오래 섰다가 돌아서려는데
그녀 흔들린다
문은 닫혔고 아무도 찾지 않지만
월경의 풍경은 여태 살아
그녀는
맞이하고 떠나보내기를 멈추지 않는다
닫힌 문이 떨린다

유리에 이마를 대고 들여다본다

기차가 지나간다

* 볼프강 쉬벨부쉬, 『철도여행의 역사』에서.

쌍칼이라 불러다오

쌍칼,

그의 결투는 잔혹하다
어지간히 무거운 상대라도
높이 들어올리면
전혀 맥을 추지 못한다
지게차의 작업은 그렇게 냉정하다
일말의 동요도 없이
가장 낮은 곳으로 내려가
상대의 중심 깊숙이
두 개의 칼날을 밀어넣는다
아무 표정 없이 들어올린다
그의 무게중심을 흩뜨리지 않는다
그를 자신보다 높이 추켜올린다

쌍칼의 공격을 막아내는 것을 보지 못했다
완벽한 전술이다
그를 오래 보고 있으면
결투의 원리를 알 것 같다

역류성 식도염

쓰리다 가슴

한두 번 그러다 마는 게 아니라서
습관성이라 했다
그 속을 속속 들여다봐도 특별한 원인이 없어
신경성이라 했다

처음 씹어 삼킬 때
기억은 안으로 들어와 잠잠히 소화되는 줄 알았다
속에서 무슨 일이 일어나는가
이 안에서 일어나는 반응이 무엇이기에

한 번씩 거슬러올라올 때마다
가슴 매번 쓰리다
저의 드나드는 길을 할퀴어
기어이 상처를 내야 직성이 풀리는가
잊고 싶은 것일수록
면역도 내성도 자라지 않았다

고통 없는 곳으로 가기 전까지 계속 그러해
고질이라 했다
죽을 만큼 쓰리지만 죽지도 못하게 아파서
사랑이라 했다

국부론

허리가 아프다
아침에 잠을 깨면 제일 먼저 국부를 만져본다
나는 이 집의 국부다
굳세게 일어나야 하는 국부다

(아담 스미스는 왜 하필 아담인지)

어느 날부턴가 아침에 국부가 기상해 있지 않으면
바닥에서 몸을 뜯어내기 전
일어난 것도 누워 있는 것도 아닌
그를 일으켜세운다
이것이 국부의 원동력이라고 생각하면서
등뼈에 하루치 하중을 입력한다

오늘 아침 국부가 나보다 먼저 일어나
경제학 원서를 들춰보고 있었다
아직 나의 직립은 무사하다
나는 여전히 국부를 위한 자유경쟁에 종사해도 무방하다
그러나 능률과 생산성과 자유방임 사이를 오가며
아주 오래 기억해내지 못한 것이 있었다
가장 깊은 곳
가장 깊숙한 바닥에 누워 있던
한 문장이

번쩍
등뼈를 관통하는 순간에
나는 가장 뜨겁고 단단하게 일어서곤 했다

화석표본

어젯밤엔 주정(酒精)과 막역하여
기억을 주점 카운터에 두고 돌아왔나보다
아침에 따귀를 맞은 듯 번쩍 일어나
허겁지겁 챙겨 입고 뛰쳐나온다
한참을 달려 전철에 올라 외투 주머니에 손을 넣으니
넌 누구인가

배내옷마냥 냅킨에 곱게 싸인 노가리 한 마리였다
너는 누구냐
어제 마지막 주점은 거기
서해였구나
바다에서 슬쩍 주머니에 넣어온 어족을 손에 쥔 채

너도 살 만큼 살았구나
어린 나이에 주점이나 드나들다 겉늙어
어른들 말씀하시는 데 끼어들더니
주둥이는 살아
날카로운 이빨로 어제 기억을 씹어먹는다

전철에서, 어류의 화석을 씹는다
박물관처럼 굳어가는 나이를 씹는다

자리끼

당신을 가슴에 담아
졸이고 졸이고 졸이다가
그리움을 반 숟가락 떠서 겨우 간만 봤는데

한밤
자꾸 깨서
혹 여기 계신가
머리맡을 더듬거렸습니다

청첩

청첩하는 조희는 할 수 잇는 대로 조흔 것으로 택하야 쓰되 특별히
존경할 이에게는 더욱 조흔 조희로 택하야 쓸 것이니라
글시는 흘려쓰지 말고 알어보기 쉽도록 해자로 쓰고
먹을 진하게 갈아서 쓰는 것이 례니라
—「손님 대접하는 법과 상 차리는 법」, 『조선무쌍신식요리제법』

이때에 내가 기억하는 것은
어릴 적 10년 넘게 듣고 자란
어느 대학의 교가 첫 구절

다섯바다물을길어먹을갈아라
피보다진한정성우러나오면……

이때에 내가 그려보는 것은
벼루 연지(硯池)에 고인 바다
벼루못에 출렁이는 물결
갈매기가 날고 범고래가 뒤척인다
참치잡이 원양어선이 멀리 떠간다

먹을 갈수록 바다는 깊어져
나는 심층수대까지 자맥질한다
갈면 갈수록 바다는 저물어 어두워지고
어두운 바닷물을 붓에 찍어 청첩을 쓴다

어두워야 잘 보이고
저물어야 알아보기 쉬운 게 있다는 것을
어두워지고 저물어서야 다시 안다
손을 청한다
연지에 들어간다
다섯 바다 물이 다 그 안에서 잠잠해지면

뚜벅뚜벅 걸어나와
종이를 펴든다

낙지선생 분투기

K형, 낙지 먹으러 가자
넥타이 매고
뻘밭으로 오가다보면
손에 잡히는 것도 없고
안 잡히는 것도 없네
자꾸만 걸음이 엉켰다 풀어지기를 되풀이할 때
K형,
산낙지 먹으러 가자

손끝에서 자주 미끄러지는 미래 때문에
또 한번 낙담하거나,
겨우 입안에 넣은 희망이
삼켜지지 않고 들러붙더라도
또다시 고개 떨구지는 말자

시간이 흐르며
이내 접시 안에서 잠잠해진 살점들에
마늘을 올려놓으면 알게 될 테니

우리 언제 한번 그렇게 살아보았나
맵고 아린 것이 몸에 닿았을 때
화들짝 밀쳐내려 했을 뿐
아프고 뜨거워 몸을 꼬면서도

레슬링 그레코로만형처럼
온몸의 빨판으로
그를 감아 안고 돌지는 못했으니

추두부

꿈틀거리는 것이 약이 된다
몸안에 들어와 저의 물성을 남기고 스러지는 것을
약이라 한다
미꾸라지를 먹는다
한 모를 썰어놓으니
두부의 단층에 북극성처럼 박혀 있는
민물어류의 화석

너는 물었지
가장 뜨거웠던 시절에 나, 어디 있었냐고
말없이 그대 접시에 추두부 한 점을
더 놓아주면 그렇게 알아주렴
그대 안으로 꿈틀꿈틀 파고들던 때
그 속을 마구 헤집던 때
그때가 그때였다고
뼈째 약이 되고 싶었으나,

당신 물색 모르고 꿈틀거리다가
아무것도 남기지 못한 채 나는

두부를 먹는다

지구력

Life is like a raindrop on a lotus leaf.

—George Harrison

그래서 물가에 간 적이 있다
물을 듣는다
물이 듣는다, 물에

연밭에는 뒤집어놓은 우산들
연잎에 떨어지는 빗방울들이
지구처럼 자전한다
연잎은 이내 빗방울을 따라내고 접시를 비운다
넘치도록 가득 빗물을 붙잡아두는 연잎은 없었다
생의 무게를 참다가 목이 꺾이는 연잎은
한 명도 없었다

지구에 비가 내린다
지구가 비를 따라낸다

습관성 산책

습관적으로 산 책을 들고 습관적으로 산책을 했습니다
댐 아래 왼쪽 기슭

며칠째 비가 많았다가 잠시 그친 밤
멀리부터 오래 걸었습니다
댐 아래 왼쪽 기슭

댐은 수문을 열었습니다
초당 삼천 톤씩을 내려놓느라
밤이 부옇게 피어올랐습니다
올 때마다 늘 멈춰 서던 곳
눈여겨보아둔 바위가 물에 잠기고
거기 서서 잠들던 물새들도 보이지 않았습니다

늘 보아왔던 댐
그 아래 물결은 고른 숨을 쉬며 불빛에 글썽였는데
오늘, 밤의 이불을 들썩이며 큰물이 떠내려가
내가 가진 무언가도 떠내려갈까
공연히 책을 그러쥐었습니다

오래 참았다가 내려놓는 것들의 힘을 보았습니다
밀어내고 밀어낸다면
밀려서 멀리로 흘러가주는 것이 예의이기도 했습니다

밀어내는 마음의 키가 높아
점찍어둔 좌표들이 잠기듯
가라앉는 게 합당하기도 했습니다
왜가리와 민물도요의 집도 다 밀려갔지만
나와 수많은 당신들 사이를 정의하는 것이
결국 위치에너지라고 끝내 말하지는 않았습니다
만남이, 또 이별이 완성될 무렵

댐 아래 왼쪽 기슭에서

무릎이라는 이름의 여자

사람의 안으로 들어서는 통로는 좁고 어둡다
모두 딱 그만한 입구를 가지고 있다

사람의 출입문은 낮은 곳에 있으므로
그의 내면으로 들어갈 땐
무릎을 꿇었다
손잡이에 열쇠를 꽂기 위해서

무릎이 높아서는
열쇠가 있어도 들어갈 수 없는 문이 있다

누군가 문을 두드린다
딱,
거기다
입구에서 오래 서성거려본 사람은 안다

한 몸 작동의 성함과 탈을 알기 위해
망치로 두드려보는 지점이 어딘지
왜 하필
절대 내 마음대로 되지 않는 반사작용이
딱, 거기 있는지

눈사람 연대기

여름의 하프타임에 문득 너를 생각한다

나의 경제는 늘 성글고 헐거우며
나의 정치는 애초에 각이 있기는 했던가
사방 둥글게 둥글게 모두 옳고
무엇도 옳지 않아 늘 두리번거림을
이제 부정하지 않는다
너를 생각한다
추웠던 날, 무리를 짓지 않아도 외롭지 않았다
최후란 그렇게 서서(히) 맞아도 좋은 것

그리하여 너를 생각하는 것은
맨 처음 너를 만들 때의 측량할 수 없이 어지러운
네 안 동심원의 시작
거기 꽝꽝 뭉쳐넣은
내 차가운 맨손
펴지지 않는 주먹을 생각하는 것은

20세기 응접실

다시 상해임시정부청사에 갔을 때
누구라 명찰을 달아주기 어려운 인사들이
또 내 어깨를 짚었다

김선생의 응접실
나무의자를 만져보았다
저당을 설정하고 내 것을 내준 바는
그때나 지금이나 마찬가지이고
둘로 나뉜 것이 또 나뉘고 나뉘어서는
삿된 것들이 주류인 것도 그대로였다
선생과 다른 것이 있다면
나에게는 대한민국 여권과 단수비자

내 어깨를 짚었다 가는 3인 4각의 사내들
상해라는 이름의
임시라는 이름의
정부라는 이름의 그림자 세 명
가운데 걸어가는 이의 어두운 등판을 오래 바라보았다

책상에 격자를 그리는 간간한 햇빛 속에서 보면
지구의 모든 것이 임시였다
내가 임시인데 그리도 손에 잡히지 않아
가슴을 뜯어야 했던 것들은 임시의 임시이고

그 마음 또한 임시일 때
임시의 것들로 영원을 기약하는 사람들

내가 돌아가고 싶은 정부는 어디일까

3개월 단수비자 여럿이
도시락 폭탄처럼 웃으며 차례차례
기념사진을 찍고 돌아간다

장군의 후예

잉어쩜을 잘 먹고 나오다가
문득 놀라
멈춰 서서
할아버지의 음성을 들었습니다

　별무반이여 듣거라 동북의 적인(狄人)이 국경을 범하여
사모하는 임의 심기를 거스르니 우리가 이곳에 왔다 내치고
물리쳐서 백성을 은애하시는 임의 뜻을 널리 떨쳐야 하거늘
오늘날 우리는 되려 쫓기어 생사를 알 길이 만무하였다 그
간 여진의 병졸들을 베고 찔러 세운 나라의 성(城)도 홍진
이 될 건가 다만 분루를 삼키며 안위하는 것은 병참을 추슬
러 재차 적과 맞서는 날을 절치함이라 보거라 쫓기어 심수
앞에서 진퇴가 양난일 적에 저 영물 잉어떼가 홀연히 나타
나 그 무리로 징검돌을 삼아 강을 건널 수 있었음이니 그러
하니 듣거라 군병이여 비록 미물이나 영험한 저 어족을 이
제 취하지 않으리니*

　그런즉,

그 어족을 먹고
당신이 세운 영을 어긴 여기 이 후손이
늘 쫓기다가 어느새 막혀버리고
돌아서지도 나가지도 못하게끔

벌하시는 건가요
아니면
누군가 그렇게 막막한 물 앞에 서서
갈 곳이 없어 고개를 떨구거든
눈물 속에서
별처럼 솟아올라
길이 되라 하시는 건가요

* 윤관 장군의 전설에서 가져다 재구성함.

영구치

단 한 번 받은 것으로 평생을 살아야 하는 것이 있다
단 한 번 잃었을 뿐인데 영원히 돌아오지 않는 것이 있다

영구차

골목길에서 만났다 그의 얼굴
생전에 살았던 집을 들렀다 나오시는 길인지
검은 리본 리무진 한 대
좁은 길에서 내 뒤를 채근하며 따라붙길래
먼저 가신 사람 또 먼저 지나가라고
담벼락에 등을 붙이고 서
길을 내주었다
차가 나를 스쳐지나가는 단 1초
안이 보이지 않는 차창, 안에
어디서 많이 본 듯한 청춘이
나를 빤히 치어다보고
먼저,
간다

2부

늑대에게 경의를*

얼었다, 강
단단한 가죽에 흰 털을 덮어썼다
짐승은 웅크린 채 달빛을 받아
검푸르게 숨을 고른다
사위는 고요했다
귀가 아프도록 서서 나와 짐승은 서로를 노려보았다
바람이 몰려갈 때마다 그의 등뼈가 꿈틀거렸다

불가로 다가오지 못했다
그는 불 앞에 선 사람들의 등을 쏘아보았다

몸을 낮춰 서서히 다가온다
밝고 따뜻함에 익숙해져
앞자락이 눌어가는 것도 모르고
등이 식어가는 것을 깨닫지 못할 때
순간, 몸을 날려
목덜미에 이빨을 박아넣을 것이다

크헝크헝
강이 울고 있었다

* 바스코 포파 시선집, 『절름발이 늑대에게 경의를』에서 따옴.

서산어보(瑞山魚譜)

마음이 기우뚱한 날 서해로 가면
바다는 수평이 맞지 않아 몸이 더 기울었다

저물기 시작하는 간월도에서는 달에도 간이 배는지
소주가 짭짤했다
포구는 겨울바람에
풍치를 앓으며 미간을 좁혔다

늦은 저녁
컴컴한 게장 백반에 맑은 술을 마시고 나와
수족관 속 대하와 조개 들을 들여다보았다
갈매기 몇몇이 날아와 낯선 자를 알아보고
어인 행차신가 간섭하길래
작은 포구를 공연히 맴돌아 걸었다

마음이 자꾸 옆으로 걷는 날이었고
허리를 구부린 채 살던 때였고
껍데기 안에 몸을 감추고 기던 날들이었다

서해는 그런 갯것들의 고향이었으므로
어리굴젓 냄새가 났다
사내의 입에서는

종성부용초성

부용꽃이 피었다
입안에서 미더덕이 터진 듯
여름이 거친 숨을 내뱉을 때
부용은 희고 붉어
꽃들은 죽으며 무슨 말을 하는지 듣고 싶었다

내가 너에게 처음 건넸던 말은 무엇이었을까
이미 시작된 시작과 끝난 끝 사이에서
마지막으로 하려 했던 말의 시작을
끝내 떠올리지 못했는데

침묵 이외에는
어느 누구도 첫소리와 끝소리가 같을 수 없다
처음 했던 말을 끝내 지킨다고 해서
아름다운 세상도 아니었다
부용은 언제부터 붉었고
언제까지 저리 희게 빛날 것인가
뜨거운 정오
꽃의 옆자리에 서서
꽃에게 말을 걸다가

여름이 지나갔다
그리하여 오늘 내가 하는 말이

언제부터 했던 말인지
이미 끝난 시작을 말하려는 것인지 알지 못하여

부용은 죽었다
아무 말 없이

신의 선분

땅과 하늘이 만나는 긴 선분을 지평선이라 부른다
물과 하늘이 마주 닿아 이룬 선분을 수평선이라 부른다

구름 위에서 본 그것을 무엇이라 부르는가
하늘과 하늘이 만나 이루는
가없이 먼 천공의 끝에 그어진 선
이를 천평선이라 부른다는 것을
오늘 처음 알았다

그때 서해 상공에서 그분을 뵈었다
창에 손을 대고 신의 가르마를 만져보았다

신은 당신의 무결점 직선을 보여주시며
나에게 최대치의 수평을 명하셨으니

그러므로 오늘, 물끄러미 알게 되리
선 위에서 휘청이며
나는 평생 균형을 그리워하다
단 하루도 균정에 이르지 못해
끝끝내 기우뚱거리도록 지어졌음을 알게 되리

영역

홍대 전철역 5번 출구에서 K를 기다린다 강풍의 제국 오늘은 올겨울 들어 가장 추운 날이라고 기상청이 예보했다 지하에서 올라온 사람들은 찬 거리로 恩총恩총恩총 사라지거나 지상에서 기다리던 사람과 만나 빨간 볼로 紅홍紅홍 웃으며 걸어간다 K는 늦고 나는 冬동冬동 기다린다 그러므로 군고구마 포장마차의 양철 가마는 몹시도 매혹적이었다 흰 연기가 솟아나고 봄날 아지랑이가 일렁인다 결핍은 매혹을 향해 다가가는 법 안 살 거면 물러서라 중늙은이 주인 양반이 눈빛으로 나를 밀어낸다 곁불에 담긴 부가가치가 얼만큼인지 모르므로 나는 어디까지 물러나야 하고 어디까지 다가가도 되는지 측량하지 못했다 내 안 열불의 영역을 구획해본다 추울 적에 추워하는 사람을 당길 만큼 뜨겁지 못했다 먼 사람을 당기거나 다가온 사람을 밀어내지 못했다 다만, 다만, 내가 아는 것은 다만, 나의 양철 가마가 달아오르도록 나를 태우고 태울 뿐 오늘 할 일은 오직 그뿐 나의 결핍마저 매혹적으로 타오를 때까지

그게 비빔밥이라고 본다

기억해
그때 당신이 했던 말
전주비빔밥이든, 골동반이든, 궁중비빔밥이든
혹은 새싹비빔밥이든

재료 다듬어 준비하고 각색 웃기 부쳐 올리고
갖은 양념 대령하고

그때 당신이 했던 말
수저를 내려놓으며,
그럼 뭘 해
이렇게 뭐가 뭔지 모르게 한군데 부대껴
품새 뭉개지고 빛깔마다 헝클어져버렸네
나 참, 참 나 닮았네

그러다 다시 대접에 숟가락을 삽날처럼 박아넣으며
정색 반색 했던 말
뭉개지고 흐트러지고 얽히고설킬 것
다 알면서도
보기 좋게 먹기 좋게 장만하고
한입 크기 다듬어
형형이 색색이 본새로 올려놓는 마음
나는 그걸 비빔밥이라고 본다던

저녁이라는 짐승

저녁에, 이름은
허기진 짐승처럼 저의 처소로 돌아온다
몸보다 먼저 옛집으로 들어간다

먹을 것을 찾아 강을 건너서
밥 한 그릇을 얻어먹고
그 힘으로 겨우 다시 강을 건너온다
손엔 아무것도 가진 게 없는데

먼 데서
엄마가 나를 부르는 소리
이름이라는 말은 저녁에 태어났으니
학아, 고만 놀고 저녁 먹어라
저녁(夕)에
아들의 입(口)에 넣을 것을 차려놓고 부르면
머리 검은 짐승 하나가 걸어들어온다

모닥불

나는 11월의 밤, 강가에서 태어났다
태어나자마자
체온을 돋워 사람들에게 손짓했다
몸을 부풀려 훨훨 일어서자
그들이 곁으로 모여들었다
거침없이 가닿았다
할 수 있는 것은 오직 그뿐
그들, 이내, 내게서 뒷걸음치다
등을 돌려버렸다

떠났던 그들이 하나둘
한 발 두 발 다가왔다
무릎을 당겨 앉았다
가까이로 손을 뻗어
내게 와 닿으려 했다
내 몸이 가물거리며 잦아들 때였다

생의 한가운데에서

성감을 자극하는 칩을 뇌에 장착한 쥐
파란 버튼을 누르면 먹이가 나오고
빨간 버튼을 누르면 성감을 느끼게 하는 실험이었다
쥐는 하나의 버튼만을 끊임없이 누르다가
뇌가 타서 죽었다
밥도 안 먹고
그것만 하다가 타서 죽는 것이 있다면
우리는 그것을
살아서 사는 이유
죽어서 죽은 업이라 부른다

너를 사랑하였다
생의 한가운데에서

상춘곡

무릇 술 만드는 데는 달고 씩씩한 샘물이라야 하나니
만일 물이 조치 못하면 술맛이 조치 못하나니
녯 사람 말이 샘이 씩씩하면 술이 향내가 난다(泉冽酒香) 하니
청명 날 물이나 곡우 날 물로 술을 당그면 술빗이 푸르고
붉으며(純色) 맛이 씩씩하야 가히 오래 둔다 하엿스며
　　　　　　　—「술 당그는 법」, 『조선무쌍신식요리제법』

봄술 마시러 가요 우리
오늘이 지구가 생긴 이래 몇번째 봄인지
몰라도 돼요
그는 늘 같은 길로 오니까요
한 번도 겨울을 앞지르지 않고
오늘도 같은 길을 택하여 오잖아요

봄술이라 할퀴지 않고 감겨오네요
매일 같은 시간에 전철을 타고 같은 길에서
같은 걸 보고 다닌다고
입 내밀고 한숨 쉴 것 없다고 하네요
자기는 지구가 생긴 이래
차고 딱딱한 것들이 저지레해놓은 길
그 길로만 늘 걸어왔다고
매번 새 신을 신고
진창을 디디며 걸어와도 좋았다고

한 번 어루만지는 것만으로도
완고한 것들의 마음을 돌리는
씩씩한 그이의 인품 좀 보세요
볼품없던 저 길과 길 위의 것들이
다 씩씩해지는 것을 바라보며
우리, 건배할까요

자매 복집

내가 사는 동네 전철 2호선은 높다란 곳으로 다닌다
역에서 전동차를 기다리면서
꽤 높은 곳까지 꽤 멀리까지 바라보곤 한다

늘 걸어다녔었지 그 집 앞
복껍데기무침이 맛난 우리 동네 자매 복집
승강장에 서서 창밖으로 내다보니
2층 그 집 간판 아랫부분이 앞 건물에 살짝 가려 있다
글자 받침이 붕괴됐다
받침이 없어진 자매의 복집

자본론의 승리다
토대가 상부구조를 결정짓는다 했던
독일 출신 경제학자의 낙승
자매의 토대가 무너져
두 여인의 벗은 모습을 생각케 한다
복껍데기를 잘 무쳐내던 언니와
손발이 재바른 동생이
껍데기 하나 걸치지 않고 누워 있다
토대가 먼저 무너졌는지
상부구조가 먼저 무너진 것인지
헤아려보는데
덜컹,

전동차가 들어온다
이 열차는 앞으로 가는지 자꾸 되돌아오는지
알기 어렵다
내가 사는 동네에서 전철을 타면
순환구조의 2호선을 타면

주초위왕(走肖爲王)

중종 14년 기묘년의 어느 겨울 아침
조선의 대사헌 영감이 사약을 받았다
희빈이 특파한 밀사들이
서른여덟 젊은 군신의 잎맥을 갉아먹었으리

기묘한 일이다
내가 이날 이때까지 살아 있다는 것은

꿀을 찍어 쓴 획을 따라
무리의 사특한 식욕이 지나간 자리
조광조의 이름이 남았다
그런즉 한 사람에게 쓰여진 달콤함을 갉아내면
거기 그의 이름이 남을진저

불혹이라 젊다나 젊은 계절에,
기기묘묘한 일이다
내 몸이 아직도 내 몸으로 남았다는 것은

단 것에 온몸이 모다 젖었으나
나는 여직도 이름과 몸의 분별이 없기로
교악한 것들이 달려들어 내 몸을 갉아먹어도
이름을 찾아내진 못하였다

붓끝에 꿀을 찍어 나뭇잎에라도
아직 써야 할 시가 남아 있다

종마공원에서 오는 길

언덕 너머 불빛이 지구의 실루엣을 드러낸다
슬립만 입고 창가에 선 여자를 훔쳐보는 것 같았다
벌판에 홀로 선 나무는 바다의 목소리를 짓느라
쉬지 않고 철썩거렸다

이번 태풍의 이름은 바닷새의 이름이라
저 나무가 파도처럼 우는 거야
산머리 너머가 환한 건
지구 반대편이 지금 한낮이기 때문이겠지

나는 너의 말에 아무 답도 달지 않은 채
에밀리 브론테의 나이트 슬립엔
어떤 레이스가 달려 있었는지 알고 싶어
나뭇잎 하나를 만지작거렸다 오래

말을 보러 오는 사람들은 말을 보면 그만이다
삶이란 우체국에 가는 것과 같아
한 개 이상의 이유를 가지면 그 순간부터
한 개씩 웃음을 잃게 되지
말은 사람을 보고 무엇을 생각할까를 생각했다
말은 다들 자러 갔는지 한 마리도 없고
왜 사람이 얘기하는데 한마디 대꾸도 없냐고
너는 공연히 말을 다그쳤지

종마공원에서 돌아오는 길
태풍의 끝자락을 감아쥐고서 바람은 출렁였지
너는 밀려왔다 쓸려가고
나는 바닷새를 타고 지구 반대편
어느 소도시의 우체통을 찾아 날아다녔지

강물의 가계도

내가 강에 가는 이유는
내가 물에서 잉태되었기 때문이어서가 아니다
강의 몸안에 후사를 수태시키기 위해서가 아니다

강은 나의 문중으로서 오랜 혈통을 지녔다
나의 가문이 유구한 것은
오랫동안 같은 길을 흘러온 연유가 아니라
불평 없이 오늘도 흘러가는 까닭이 아니라

강물은 나의 가계에서 가장 많은 지차를 두어
반짝이는 사금파리였다가
안개로 막을 쳐 몸을 숨겼다가
밤에는 소리로만 흘러가기도 하면서
때론 온몸이 얼어 백사(白蛇)처럼 내륙을 기어간다

강기슭 추락방지석에 앉아
물이 읽어주는 전가(傳家)의 대동보를 들으며
일렁이는 내수면의 일거수일투족을 살피다보면

길 때문에 길을 잃는 것이니
길을 잊으면 잃을 길도 없으리
강은 길을 묻지 않고
장구한 전통을 빛낸다

전봇대

고압선을 받쳐들고 서서 전선을 넘겨줄 때
나는 한국전력공사 배전운영처의 기물이었다
정강이에 파스처럼 광고지를 붙이고 서 있을 때
새들에게 집을 분양할 때
나는 원기둥 시멘트 구조물이었다

추운 밤 겨울은 깊고 당신
술에 취해
내가 등(燈)을 들고 기다리는 줄도 모르고
걸어와 부딪히더니

어머니인 줄 알고
떠나려는 연인인 줄 알고
잡히지 않는 꿈인 줄 알고
이 신간을 부여안고 엉엉 울 때
비로소 나는
영장류의 형상을 입어
그의 몸을 일으켜주었다

다카르랠리

모래의 신은
본디 이곳을 달리기 위한 영역으로 짓지 않았다

바람이 닦아놓은 사막의 코스 위로
자동차들이 달리면
모래의 입자들이 브라운관 밖으로 날아와
나는 눈을 가늘게 뜨고 그들을 지켜보았다

신은 본디 이곳에 길을 만들지 않았다

그의 뜻을 거스른 자
언덕을 넘다가
모래의 덫에 바퀴가 걸렸다
강하게 부정할수록 모래는 무게를 더욱 끌어당긴다
모래는 유정(油井)처럼 솟구쳐오른다
속력을 더할수록 그것은 모래 속으로 작용해
올무에 다리가 걸려 발버둥치는
한 마리 고라니
빠져나오려 할수록 더욱 죄어온다

이 도시를 달리다가
모래에 발목이 붙잡혔을 때
온 힘을 다해 빠져나오려고 했다

저들이 그러하듯이 왜 바퀴에 바람을 빼지 못했는가
왜 기억해내지 못했는가
붙잡혔다면 저들은
자신을 붙잡은 모래와 저의 몸이 만나는 표면적을
오히려 넓혀
그를 딛고 올라섰다

—   **맥랑시대(麥浪時代)**

—   보리굴비 드셔보셨나요
저도 처음 가봤지요
얼음 동동 녹차에 밥을 말아 먹어요
최여사가 또박또박 발라놓은 살점들을
다투어 냉큼 집어먹었어요

장도가지에 통보리겨를 깔구
한 슥달 바닷바람 쐰 조기 한 줄
차렵이불 덮어주대끼 겨를 껴져가꼬
그 우에 그러코롬 조기 한 줄 또 올려부러
허면 요거시 보리굴비인디
지름이 쪼옥 빠지구 알알허게 삭아분당께
찜통에다 정종 한 술 부어가꼬 은은허니 쪄내서는
참기름 살 발라 구워내면 꺼무잡잡헌 요거시 바로
순허면서도 긍께 맛이 당당허니 보리굴비랑께

그나저나 궁금했어요
어류는 저 태어난 곳으로 가 죽는다고 하는데
그럼 조기는 바닷속 보리밭에서 태어나는 건가요
태어나 녹차밭에서 떼 지어 연애도 하고 다시 보리밭에
돌아와
몸을 푸는 건지요

—

그나저나 물어봤지요
청보리밭이 아무리 푸르게 흔들린다 해도
녹차밭이 아무리 눈부시게 넘실댄다 해도
어디 세상이 거기 물들기나 하겠어요
그랬더니 최여사가 밥숟갈 위에
굴비 한 점을 턱 하니 올려주며
딱곡질 같은 소릴랑 말고
이녁,
밥이나 묵고 언능 인나 가소 합디다

도로원표 방정식

광화문 네거리 동화면세점 옆 도로원표에서
너를 기다리다가
시간이 북악에 기대며 저무는 것을 바라보다가
여기는 길이 시작되는 곳
세상의 길이 흘러와 고이는 곳
너를 기다리는데 12방위 가운데 너는
어디서 오고 있는가

광화문 네거리에 오가는 것들
시간이 가고 사람이 가고 오래 보고 있으면
좌변과 우변 사이로 세월이 지나는 것이 보이기도 했다
떠나간 사람은 두 정거장 거리에 있든
반도의 대척점 몬테비데오에 있든
그저 먼 것일 뿐 그리고 나도 그 사람에게서
그만큼 먼 것일 뿐
이것이 방정식이다
인간이 그토록 원하여 만든 균형의 세계
세계의 균형
너를 기다리는 시간과 남아 있는 거리를 구하는
근(根)의 공식을 나는 일찍이 배우지 못했다

도로원표 옆 젊은 나무의 잎들이
계절에 물들어 떨어지고

케냐 나이로비 위에 놓인 잎 하나를 주워든다
고통은 또 그렇게 시간과 거리의 방정식으로
치환될 수 있는가
도로원표란 여기서 거기까지
거기서 여기까지의 거리를 재는 기준점인데
오고 있는 너는 나의 어디까지 와야 온 것인가
나는 또 어디까지 가야 당신이 되는가
사람들 사이를 걸어 우변으로 넘어가
내가 서 있던, 네가 오기로 한 좌변을 건너다본다

그대로 멈춰라

열한 살 시절의 여름날
청평으로 교회 수련회를 갔더랬습니다
전날 비가 많이 내렸고
계곡은 목젖이 부어 가르랑대며
성미가 사나웠습니다
어른들은 물살을 가로질러 떠내려가다가
건너편 저만큼 아래 물가에 닿는
위험한 수영을 하며 놀았습니다
난 물가 얕은 곳에서 혼자 헤엄치며 놀았는데
놀. 다. 가. 그. 만.

물살에 뒷덜미를 채여
눈 깜짝할 사이에 강으로 끌려들어갔습니다
선 채로 연거푸, 푸 물 먹으며 떠내려갔습니다
마침 바위에 앉아 있던 아주머니가 내 손을 잡았,
지만 물살을 따라 이내 손은 미끄러지고
비치볼처럼 속절없이 떠내려갔는데
얼마나 긴 잠시 동안 흘러간 것일까
누군가 내 등을 막아선 듯
그렇게 아무 일 없던 것처럼
물가로 밀려나며 멈춰 섰는데

얼마나 멈춰 있었나

이 세상 강심의 물살은 더욱 거세져
물 밖으로도
사나운 중심으로도 가지 못하고
나는 왜 아직 거기 서 있는가

소멸을 바라보는 우리의 자세

미국을 움직이는 힘은
25달러를 내고 야구장에 가는 중산층이며
미국이 세계를 움직이므로
결국 프로야구가 세계를 움직이는 결정적인 힘이라고
누군가 말했다
그렇다면,

봉황대기 전국고교야구대회 출전차 상경해
동대문구장 옆 여관에 짐을 풀고
늦은 밤까지 골목에서 배팅 연습을 하던
까까머리들이 세계를 움직이는 보이지 않는 힘일까
조금씩 닳아 없어져갔을 그들의 지문을 따라가본다

김치찌개집 신발장
고단한 신발들에서 깎여나간 삶의 뒤축들은,
돌짝밭을 고르던 호미의 마모된 쇠들은
문명 이래 얼만큼이며
깎을 필요도 없이 늘 뭉툭해 있던
엄마의 손톱에서 닳아 없어진 각질세포들은
어디에 묻어 있는지

눈 감고 따라가본다

그들은 어디로 가서 지금 어디에 있을까
찾으면 찾아지는 것일까
정말 세계를 움직이는 힘이 있을까
지구를 이렇게 둥글게 다듬어놓은 힘
지금 이 순간에도 사라지고 있고
어디선가 늘 다시 태어나고 있을
저 지구한 소멸의 역사

깃든다는 것은

저녁에
지구가 찬찬히 나에게 깃들어오는데
나는 참 나에게 자상해졌다

굴다리 아래 떨어져 있는
새의 깃, 든다는 것은

내가 애써 이루지 않은 생업에
그 분깃을 바라는 마음 흔들어 털어보는 것은

멀다 싶은 거리를 발밤발밤 걸어가다
셔츠의 목깃이 젖으며 마르며

걷고 있고
서둘지 않고 꼼꼼히 저물어오는데
깃드는 것들은 대개
잘 보이지 않고
보아도 별것 아닌 얼룩
깃드는 것은
지구가 가장 지구처럼 보일 때
그때 잠시 나타나는 것이기도 했다가
지상의 별것 아닌 물산들의 등 언저리를
잠시 빛내기도 했다가

3부

사이

세번째 행성에 바람이 분다
90억 개의 잎새들이 바람의 방향을 알려준다
90억 갈래의 풍향 가운데
나는 산벚나무가 발음하는 사이시옷과
산딸나무가 내는 사이시옷 소리를 구분할 줄 안다
명자나무 이파리를 건드리고 솟아오르는 사이시옷과
수수꽃다리를 추켜올리며 내뱉는 사이시옷도
따로따로 다 받아적을 수 있다

바람이 태양계에 당도하는 초저녁
실존이 없어 목소리를 얻지 못하던 것을 생각한다
타자와 타자 사이에 걸쳐 겨우 존재하는 것을
연민하지 않는다
그들이 이 숲으로 와
한꺼번에 자신의 이름을 발성하는
90억 도의 화음을 들을 뿐
숲에서는 작아서 안타까운 것들의 소리가
크게 들려서 좋다
시의 옷과 시의 옷 사이가 성글어도
나는 촘촘히 좋았다

순간의 기하학

당신은 벤치에 앉아 무언가를 읽고 있었고 발치에 다가서자 시속 **4km**의 눈빛으로 나를 올려다보았습니다 다시 머리를 숙여 57페이지의 오른쪽 귀를 접어 책을 들고 일어서시는데 바로 그 순간 나는 알아버렸습니다 아무도 발견하지 못한 법칙이 당신 책 속에 있었다는 것을

사랑을 정의하는 것이 인간의 직무라고 생각한 적이 있습니다 사랑의 공식을 얻기 위해 우리는 많은 시간을 보내왔습니다 사각의 몸을 가진 당신의 책에 작은 삼각형 하나가 생기는 바로 그때였습니다 신은 도형을 만들어 인간에게 기하학을 허락했으니

밑변과 높이를 곱해 반으로 나누면 삼각형의 면적입니다 본디 밑변과 높이는 사각형의 이데아이고 사각형은 두 개의 삼각형이 몸을 맞댄 형상이기에 반으로 가르는 공식입니다 삼각형의 면적을 구하는 것은 딱 그만큼 크기의 보이지 않는 면적을 함께 발견하는 일 당신이 책의 귀를 접던 바로 그 순간에

당신이 이파리 하나를 주워 책갈피에 끼워넣을 때 나는 여전히 알지 못한다는 것을 알았습니다 우리가 찾던 공식이 보이지 않는 반을 찾는 일인지 이미 가지고 있던 반을 떼어내는 것인지 알지 못했습니다

반사

겨울바다였지
밤이었고
너는 빛났지

20억 광년 거리 이 별과 같은 푸른 별
나와 꼭 닮은 청년이 외눈으로 나를 겨눈다
그의 화살촉이 흔들리며 빛날 때

밤이었고
너는 빛났지

무엇을 겨누는지 몰라 반짝일 뿐
활에 걸 수 있는 것이 몸 하나뿐이어서
외눈으로

나는 빛났지

월령가

분에 넘치는 분을 이기지 못해
아이의 등짝을 후려쳐 울리고 나와서
바라본 밤하늘
보름달
저 달은 우주 저편 어느 아이
아비에게 등짝을 얻어맞고 울다 지쳐
물 마시느라 치켜올려진
머그잔 밑바닥

아버지의 아버지도 아버지를 때렸을 것이고
아버지도 아들을 때렸고
아버지가 된 아들이 아이를 때리니
보름달이 뜨고
아비는 목이 말랐다
이젠 아들이 잘못을 지어도
아버지는 나의 등을 후려갈겨 바로잡아주지 못하므로
내가 지은 것은 다 내가 지고 가야 하므로

두 손으로 감싸쥐고 숨죽여 들여다보던
아버지의 야광 손목시계 같은 보름달이 뜨고
째깍째깍
죄가 이우는 소리가 번졌다

손님

산의 등뼈를 따라 오르내렸다
등고선이 걸음을 밀고 뭉친 근육이 보폭을 막았다

한 여자의 가방을 받아 메고 걸었다
앞에서 당기고 뒤에서 미는데
그녀와 나는 일행에서 점점 멀어졌다
중력은 그녀를 집요하게 잡아당긴다

그녀가 갑자기 걸음을 멈추고 주저앉아
아닌데, 아닌데, 아직 아닌데 왜 이러지 나
이러면 안 되는데

점퍼를 벗어 그녀에게 건네자
허리춤에 감아 아래를 가리고 겨우 일어섰다
걸을 수 없는 걸음과 걸어지지 않는 걸음이 엉켜
그녀는 제 걸음을 보느라 목을 세우지 못했다
일행을 따라잡을 수도 더 멀어질 수도 없는데
그녀는 나를 앞에도 뒤에도 세우지 못하는데

와야 할 것들은 언제라고 예고 없이 나를 찾아왔었다
마음을 풀어두었다가
안에서 터져나온 생의 이치를 안으로 담지 못해
주저앉았다

아직 때가 아니라며 밀어내도
지금이 아니라 말하며 붙잡아도
내 걸음이 가장 복잡하고 난감할 때
그는 나를 다녀갔었다

반인반수(半人半水)
― 두물머리 서신

강을 거슬러 걸어가다가
사람의 말을 들었습니다
저 멀리
두 개였던 개체가 하나가 되는 곳이 있다고

그런 순간이 있었고
그걸 사랑이라고 믿은 적이 있습니다

안개는 초저녁부터 이부자리를 폅니다
높이 치켜들었다가 넓게 펼치는데 펄럭이지 않고 차분하
였습니다
희붐한 물가를 따라 걷다가 닿았습니다
두 개의 줄기가 하나가 된다던 그곳

서로 다른 둘이 하나의 이름이 되던
맨 처음 시간을 그려보았습니다
필경 사랑이란 스며들어
너와 내가 없어지는 거라 생각했는데
나는 여기서 뜻을 고쳐 적었습니다
물을 거슬러 시간의 반대방향으로 걸어가보면
두 개에서 하나가 되는 것이 아니라
하나였던 몸이 둘로 나뉘는 장면이었습니다
한 몸에서 나온 둘이

각각의 이름을 갖고 거슬러 걸어가기 시작하는 그곳
느티나무 아래 이르러서는
강물에 손을 넣어 악수를 청했습니다
둘의 손을 내 한 손에 잡고
둘 가운데 누구를 따라갈지 몰라 오래 앉아 있었습니다

안개는 강가에 이불을 개켜놓고
저 너머 산 뒤로 몸을 옮깁니다

평범경작생

나는 구름을 경작하였다*
나는 강물을 경작하였다**
나는 바다를 경작하였다***

누군들 태양을 향해 가고 싶지 않겠는가
해를 등지고 저의 그림자를 경작하는 자의
뒷모습은 환하면서 외롭고
자신을 사랑하는 자의 앞섶은 그리하여 어두운데

나는 저녁을 경작하였다****

* 구름을 일구어 비를 지었네. 비가 강물에 떨어지네.
** 강물을 갈아 별을 심었네. 별이 바다로 흘러가네.
*** 바다를 가다듬어 구름을 빚었네. 구름의 심장 박동수를 재어
보네.
**** 저녁을 경작하여 지구를 쏘아올렸네. 그가 나를 23.5도 기운
눈빛으로 내려다보네.

정석입니다 2

고기를 구워먹었다
불을 가운데 놓고 둘러앉는 것은 수렵민의 방식이다

불판을 달궈 고기를 얹을 땐
가운데부터다
중심을 먼저 익힌다

처음 불을 선물받은 수렵민으로부터 진화한 양식이다

중심을 익히기 위해 그들은
고깃덩어리를 꼬챙이에 꿰어 돌리며
주변을 공략해
안으로 안으로 불김을 밀어넣었다

고기를 굽다가
영장류에게 중심을 공략하려는
유전자가 있음을 본다

연애의 정석이다

할아버지의 부채

국수는 온갖 잔치에 조반이나 점심에 아니 쓰는 데가 업나니
엇지 경하다 하리요 누구를 대접하든지
국수 대접은 밥 대접보다 낫게 알고
—「국수 만드는 법」, 『조선무쌍신식요리제법』

외할아버지는 빚이 있다
축첩이나 노름이나 도화살과는 거리가 먼 선비
할아버지의 빚은 국수 한 그릇이다
생전에 한 번, 두 내외
탑골공원 나들이 갔다가
싸구려 밥집에서 할아버지는
먹어보라는 소리 한 소절 없이
혼자 국수 한 그릇을 다 드셨다 말끔했다
배가 고팠던 할머니는 그 국수를
오래오래 쳐다보다가
칠십 평생이 홀빈했다

밝은 나라에 계신가요 두 분
국수사리 같은 목련이 피었어요
내복을 벗으세요 제가 털어올게요
살비듬 같은 벚꽃잎이 날릴 거예요
그럼 단둘이 몰래 가셔서

영원히 식지 않는 멸치 우린 국물
청양고추 쫑쫑 맵짠 양념장
섬섬옥수로 하양 노랑 꾸미를 얹은 국수를 나눠드세요
할머니 눈 밑에 땀방울이 맺히면 할아버지,
후루룩 후루룩
부채를 부쳐
초야의 땀을 식히고 간 그 바람을 불러오세요

서해, 강화(江華)의 밤에

먼 바다와 가까운 바다가 내통하는 소리를 녹취하려
야음에 몸을 얹었습니다
삼별초 항쟁비 뒤 산그림자 짙은 곳
안주머니 깊숙이 감춰온 녹음기를 틀었습니다
바다는 밤을 새워
한순간도 그치지 않고 교신합니다

먼 바다는 많은 것을 기억하고 있습니다
기마민족의 땀냄새도
사령관의 파이프 담배도 잊지 않았습니다
가까운 바다는 민물에 간을 하여
멀리 흘려보내느라 끝없이 바빴습니다
어디로 가는지 보이지 않아도
늘 어디론가 가고 또 밀려오는 바다처럼
시간도 그러합니까
나는 어디에서 오고 있습니까
팔백 년 후에, 나를 닮은 지구인은
이 자리에 서서 무엇을 생각합니까
한데에서 오래 떨고 있는데
새벽별이 하나 빛나고

뭍으로 돌아와
녹음기를 되감아 틀어보았습니다

나는 한밤 동안 안주머니에서 출렁이던
흐느낌만 담아서 돌아와 있었습니다

창밖에 잠수교가

보인다
보아도 이해할 수 없는 것
잠수교라고 가정해본다

이해하거나 그렇지 못하거나
거기 존재하는 것
잠수교라고 가정해보자

다리는 다리이되
물이 조금 불었다고 무대책 잠겨버리는 다리
다리가 다리일 때
아무렇지 않게 넘나들더니
다리가 다리가 아닐 때
다리가 다리가 아닌 것이 아무렇지 않다
물속으로 숨도록 설계된 다리

잠수교가 보인다
보아도 이해되지 않지만 거기 있는 것
거기 있어서
건너갔다가 또 건너온다

건너갔다가 때로는
그 사람에게서 나에게로 다시 건너오지 못하는 것

이미 그렇게 설계된 것은
아무런 증명이 필요하지 않다

창밖에 수많은, 잠수교가
보인다

목요 문화산책

혜화면옥에서 칼국수를 먹고 나오니 목요일이었다

5월인데 길에서 우는 사람이 없었으므로
나는 오래 걸어도 된다
마음이 야트막한 사람들이 사는 동리를 지날 때
골목은 깊고 어두워 어린 짐승들이
그 안에서 몸을 기대기에 합당해 보였다

고궁은 몸에 빗장을 걸어 저녁을 가둔다
어서 5월이 가기를 바라는지
가지 않기를 바라는지 알 수 없어서
대학병원 앞 약국을 지나는 사람의 수를 세어보았다
가로등 불빛으로 앞모습에 제 이면(裏面)을 인화하는
버즘나무 잎새들을 올려다보았다
손가락으로 돌담에 내 이름을 적었다가
나중에 누군가와 함께 여기 와서 들킬지 몰라
얼른 손바닥으로 문질러 지웠다
묘비명은 몸안에 돌을 세우고 손가락으로 쓰는 문장
그래서 잘 써지지 않고 지워지지 않았다

담벼락을 따라 걷다보니
금요일이었다
누군가 길에서 운다 해도 알은척하지 않은 채

지나도 되는

밤이었다

마트료시카

너를 본 적이 있다 마트료시카
나무로 깎은 인형 안에 인형 안에 인형 안에 인형 안에
차곡차곡 쟁여둔 서로 다른 크기의 자아들을

하나하나 열어보았다
어둡다고 말하는 소리가 들렸다
모두들 자신을 덮고 있는 자의 안쪽
어둠만이 보인다고 했다
자신을 덮고 있는 것의 어둠을 보면서
어둠으로 자신보다 작은 자를 덮고 있었다
내가 가진
서로 다른 내가 많으면 많을수록
나는 더 많은 어둠을 갖게 되는 것이었다
마트료시카는 얼마나 작은 것까지 만들어질 수 있을까
나는 얼마나 작은 나까지 쪼개져도 나일 수 있을까
내 안의 나, 안에 나, 안의 나, 안에 나, 안의

그의 어둠 때문에 나의 어둠 때문에
누군가를 감싸 안는다면서 정작 그 자리엔
빈 어둠이 가득했다 내 안에, 내 안의
마트료시카

내력벽(耐力壁)

실평수 17.15평의 생에
기둥이 하나 서 있다
기둥은 안으로 들어와서 벽이 되어 서 있다

내 안으로 들어와 벽이 된 것
조금만 더 작았더라면
삶의 전용면적이 더 넓어질 수 있었을 것을

공연히 평수만 차지하고 있다 이 벽
이마로 쿵쿵 두드려본다
내 것이 아니면서 버리지 못했던 그리움들
잡아두려 했으나 나를 떠난 눈물들
일상의 문장 안에 자꾸 늘어만 가는 괄호들
이 자들을 밖으로 다 들어낼 수 있다면

그런데 당신은 어쩌자고
이것이 여태 내가 걸어온
내력이라 말하는가

봄도다리쑥국

남해에 봄이 오면
바다는 들숨이 커져 어깨가 부풀어올랐다
바다를 떠다 된장을 풀고
바늘에 봄을 달아 낚은 도다리를 끓인다
쑥을 뜯어다 헹궈 넣는다

봄도다리쑥국 한 그릇이면 되겠다
뻘에 숨어서 기며 세상을 한쪽으로만 흘겨보다가
눈이 한쪽에 몰린 것들
덤불쑥마냥 마음이 뻐세어
이 사람 저 사람 치대는 것들이라면
봄도다리쑥국 한 숟갈만 떠먹여봐도 알겠다
남녘 바다에서 깨어난 봄이
어떻게 눈을 맞춰
저 바닥치를 봄바다에 춤추게 하는지를
해쑥 한 잎이라도 다칠세라 국을 끓여내
거칠고 메마른 몸들 대접하는 그의 레시피를

봄밤인데 상현달

오늘부터 봄밤이라
상현달이 떴어요
볼륨업 브래지어의 와이어 한 토막이 걸려 있어요
상현달은 시라는 글자의 첫 획과 같은 커브
왼손 엄지손톱을 넣어보면 꼭 들어맞지요
누가 알았겠어요
무엇이 이 지구를
둥글게 모아주고
탱탱하게 받쳐올리고 있는지

몰운대로부터 멀리

한 뼘 구름이 차마 흩어지기 전에 물었어
물가 심어진 나무들은 다 행복할 거야
당신은 몰운대니까라고 말했어

물은 왜 자꾸 굽이쳐
바위를 깎고 흙을 할퀴는 거야
좌우로 휘두를수록 자신만 더 가파르게 될 텐데
당신은 몰운대니까라고 말했어

고사목을 짚고 서서 절벽 아래를 내려다보며 물었지
아까 저 아래에 서 있던 나를
지금 내가 여기서 본다면 나인지 알아볼 수 없겠지

가을 햇빛이 백자작나무의 행렬을 따라
석회동굴 앞을 지나면
종유석의 키가 220만 분의 1센티미터쯤 자라났다
나는 여기 와 아무것도 쌓지 못한 채
아무것도 깎이지 않은 채
몰운대로부터 멀어지고 있다

당신, 내게 물었지
가을 잎이 몇 월 몇 일 몇 시 몇 분 몇 초부터
단풍이라 불리는지 모르는데

안다는 것은
모르는 데로부터 몇 미터를 걸어나와야 하는 거지
모르는 데로부터 멀리 나오지 못하면 어떡하지
묻다가 말고
당신은
몰운대니까라고 말했어

밴댕이

　갑자기 그게 생각이 나는 거야 8년쯤 전이었나 석모도에 놀러가서 밴댕이찌개를 시켜 점심을 먹었어 일행 셋이 앉아서 맛나게 먹다가 국자로 찌개를 뜨는데 국자에 뭐가 턱 걸려서 떠지지를 않는 거야 힘을 줘서 다시 떠보니까 뭐가 나온 줄 알아 숟가락이야 찌개냄비에 숟가락도 같이 끓여먹고 있던 거였지 주인을 불렀어 이봐요 이거 보세요 도대체 이게 뭡니까 주인이 한다는 말 아이구 이게 왜 거기 들어가 있지 어디 있나 했더니 거기 있었네 주방에서 찌개에 양념을 떠넣는 숟가락이었어 기가 막혀서 웃음도 막혔지 어쩔까 하다가 참았어 주인이 미안하다면서 공깃밥 한 그릇을 서비스로 주길래 순무김치 반찬에 그거 다 먹고 나왔어 근데 왜 갑자기 오늘 그 생각이 나서 너에게 이 얘길 꺼내는지 모르겠다 세상에 많고 많은 숟가락 중에 내 것이 어떤 건지 몰라 두리번거린다 그사이 양념통 같은 食口가 둘이 생겨 하나씩 숟가락을 쥐어줘야 하는데 그건 또 어디 가 있는지 남의 밥그릇 속에 찌개그릇 속에 들어가 있는 걸까 그럼 그걸 꺼내서 가져와야 하는 걸까 미안하다고 말하면 되지 않을까 미안하다 오랜만에 둘이 밥상머리 마주 앉았는데 밴댕이 속이나 들여다보게 해서

강습(江習)

눈이 부셨지요
오래 강을 보고 있으면
강은 흘러가고 있는지
고여서 출렁이고만 있는지 알기 어려웠습니다
어지러웠지요
어지러워서 나도 따라 일렁였지요
그때 새들이 햇살을 지치며 물위를 날고
그들의 날갯짓 때문에 강은 비늘을 퍼덕입니다
날아가는 것들이 말합니다
우리에겐 뒤로 나는 장치가 없다
흘러가는 것들이 말합니다
우리는 뒤로 가는 법을 배우지 않았다
어디인지 알지 못하지만
그저 앞으로 앞으로 가도록 지어졌다고

지치고 고단하여 경첩처럼 고개가 접치는 날들

강에 갔다가 돌아옵니다
돌아오기 위해서도 사람들은 앞으로 걷습니다
흘러간 날들의 내가
나를 불러 돌아서는데
뒷걸음이지만 나는 가까스로 앞으로 걷고 있었습니다

자살공격 비행단

나는 원숭이
무리의 수컷 우두머리다
지금은 온천중이므로
이 화산섬의 겨울은 차고 정숙해야 한다
뜨거운 물에 몸을 담가 천근인 듯 눈을 감으니
한세상이 지나갔다 잠시 눈을 떴다
눈이 내린다
눈을 감았다

온천물에 뛰어드는 눈송이를 보라 지난 세기 자살공격 비
행단은 극명한 목표가 있었다 돌아오지 않기 위해 먼 길을
가본 자는 안다 이 눈송이들의 투신으로 무엇이 바뀌는가
한세상 뛰어들어도 온천의 수위는 높아지지 않고 물은 식
지 않는다
눈을 떴다 이 섬은 희고 청한하다 무리 중 누군가 무의미
를 무의미라 말한다 나는 눈을 돌리지 않았다 그렇다면 의
미는 어디까지 의미 있는지 잠시라도 아름답다면 그것은 의
미인지 무의미인지 아름다움은 누가 규정하는지 묻지 않
았다

나는 원숭이
수컷이라 생각이 많다
생각이 많아 속눈썹이 긴데

104

세상에는 눈이 내리고
눈송이 하나가 잠시 속눈썹에 앉아

나는 생을 깜빡거린다
아름다워서
무의미해서

—

—

—

도시의 토템

황현산(문학평론가)

인간이 동물을 신으로 모신 역사는 길다. 용이나 봉황 같은 상상 동물만 신이 된 것은 아니다. 곰이나 호랑이, 늑대나 뱀이 조상신인 것을 자랑으로 삼는 인간 부족이 한둘이 아니었고, 인간이 만물의 영장을 자처한 이후에도 독수리와 사자 따위를 어떤 우월성의 표지로 삼은 문장들이 여전히 폐기되지 않았다. 빅토르 위고는 『레미제라블』에서 어둠에 싸인 플뤼메의 숲을 묘사하는 가운데 이런 말을 끼워넣는다. "거기서는 인간보다 낮은 것이 안개를 통해 인간보다 높은 것의 특성을 드러낸다." 문제는 안개일 것이다. 안개 낀 강가에서는 미루나무의 우듬지만 보이듯이 욕망과 공포로 심하게 자극된 인간의 마음은 어떤 특별한 힘밖에는 보려 하지 않을 것이다. 그것은 인간의 약점이 아니다. 실은 세계의 깊이가 인간에게 우선은 그렇게 인식된다. 육체가 충혈되거나 얼어붙은 상태에서 삶의 감정이 띠고 있는 강도는 외부세계가 제시하는 극대화된 힘 앞에서 매우 정확하게 측정된다. 호랑이보다 더 용맹한 것이 어디 있으며, 뱀보다 더 무자비한 것이 어디 있는가. 바위보다 더 굳건한 것이 어디 있으며, 바다보다 더 변함이 없으면서 항상 변하는 삶이 어디 있는가. 그러나 이 우월성의 표지로 제 삶을 측정하는 인간의 마음이 또한 그와 맞먹는다. 세상과 마음의 안개 위로 일어선 이 상징의 표지는 또한 그 안개의 깊이에서만 일어선다. 세계를 깊이 보는 것은 상징적으로 보는 것이다.

인간이 만든 도시에도 어떤 깊이를 딛고 그 깊이 위로 일

어선 것이 있을까. 도시는 인공물들이 집합한 곳이고, 인공
물이란 인간이 만든 모든 것이지만, 그 내력이 우리의 마음
속에 시간의 깊이를 뿌리내리지 못한 것들이 그 이름에 가
장 합당하다. 그러나 인공물은 종종 인간이 품었던 어떤 개
념의 극단적 실현이라는 점에서 "인간보다 높은 것의 특성"
을 뽐낼 때가 허다하며, 자연의 어떤 속성을 그 한계점에서
모방한 것이면서도 자연과 연통하기에 때로는 성공한다는
점에서 자연에 대한 우리의 감정을 조정하거나 조종할 때
가 적지 않다.

　윤성학은 자주 도시의 비의, 다시 말해서 인공물의 상징
체계로 하나의 윤리학을 만든다. 시「쌍칼이라 불러다오」에
서는 지게차의 "쌍칼"과 그 작동에서 "결투의 원리"를 배우
고, 시「관(管)」에서는 "혼자이면서 집합"이고 "부분이면서
전체"인 관으로부터 '중심의 비움'이라고 하는 "종의 전략"
을 깨우친다. 시「열병합발전소」에서는 또한 "우렁차게 울
려퍼지는 함구령"을 인지한다. 마지막 연을 적는다.

　말은 말이 되지만
　말이 되지 못한 것이 열병이 된다
　열병과 열병이 모이고 열병이 뭉쳐 저리 타오른다
　굴뚝은 열병을 장전하여 쏘아올리는 포신이다
　말을 만들려고 더듬거리는,
　내 입술을 가로막는 너의 검지손가락이다

이 시의 마지막 연이다. "열병과 열병이 모이고 열병이 뭉쳐"라는 말은 물론 "열병합"을 밑자리에 깐 언어유희다. 그러나 이 장난에 엄숙한 느낌을 주는 것은 한 시인의 야망을 넘어설 것 같은 굴뚝의 높이이며, 자기처럼 "우렁차게 울려 퍼지"기 위해서는 쉽게 말하지 말라는 그 연기의 "함구령"이다. 뜨겁지만 가볍게 드러낼 수 없는 열정을, 그것이 병이 될 때까지, 간직하는 자는 이렇게 지극히 무정한 것에서도 제 존재보다 더 우월한 것을 만난다.

　언어의 유희에 관해 다시 말한다면, 그것은 무정한 것이 우월한 것으로 바뀌는 또다른 방식이다. 신비주의자처럼 말하지 않더라도, 말에는 말의 혼이 있다. 말이 씨가 되고, 말 한마디에 사람의 목숨이 좌우되는 것은, 우리가 말에 걸었던 기대가 그만큼 크기 때문이며, 말이 우리의 욕구와 분노와 소망을 자양으로 삼고 자랐기 때문이며, 우리가 오래도록 거기에 투여한 감정의 밀도가 거꾸로 우리의 감정을 걸어당기기 때문이다. 낱말마다 그 혼을 오롯이 누리게 하는 것이 시이지만, 언어의 유희가 말의 혼을 대하는 방식은 조금 다르다. 전통적인 시가 내내 기피해왔던 이 말의 곁쇠질은 말에서 그 혼을 비우면서 채운다. 표현이 적합할지 모르겠지만, 언어유희, 특히 동음이의어를 기반으로 하는 언어유희에서는 말이 일상적으로 지닌 나태한 혼을 누르고 강력한 인공의 혼이 그 말에 접신한다. 그렇게 굴뚝이 거인명령

자로 일어설 때 '열병합'은 열병의 혼을 얻는다. 그 혼이 또한 굴뚝의 혼인 것은 말할 것도 없다.

그러나 도시에서 거대한 목소리로 제 키를 높이 세우는 것들만 혼을 얻는 것은 아니다. 시 「내력벽(耐力壁)」에서는 삶의 장애인 것처럼 보이는 것이 삶의 비밀을 드러낸다. '내력벽'은 건물의 무게를 지탱하도록 설계되어 자주 생활공간을 적잖게 점령하고 있는 벽이지만, 시인이 살아오면서 품고 견디어야 했던 온갖 감정의 응어리를 드러내는 형식으로 거기 서 있다. 내력벽이 건물을 지탱하듯 그 응어리가 시인의 존재를 지탱한다. 이것은 단순한 비유가 아니다. 내력벽은 시인이 살아온 삶의 한 부분을 비유하면서 동시에 여전히 그 삶에 남아 한 삶의 터전을 내력(耐力)하면서 그 삶의 내력(來歷)이라는 비유적 의미를 얻는다. 여기서도 언어유희가 혼 하나를 형성하는 데 간여한다.

그런데 당신은 어쩌자고
이것이 여태 내가 걸어온
내력이라 말하는가

상징과 은유가 시에서 그토록 오랫동안 높은 권위를 누릴 수 있었던 것은 그것이 늘 자연을 토대로 삼았기 때문이다. 자연은 서로 연결되어 있으며 그 관계는 끝이 없다. 자연이란 알려지지 않은 것을 품고 있다는 말과 다른 말이 아니다. 도시는 설계된 것이고, 따라서 비의가 없다. 그러나 모든 시설이 설계자의 의도 안에서만 그 삶을 영위하는 것은 아니다. 어떤 뛰어난 설계자도 제가 만든 시설물이 세상의 다른 것들과 연통하게 될 미래의 역사를 모두 예정할 수는 없다. 인간은 제가 만든 것을 자주 이해하지 못한다. 시 「창밖에 잠수교가」에서 잠수교가 벌써 "보아도 이해할 수 없는 것"이 되어 도시적 은유를 성립시키는 방식이 그와 같다. 뒷부분을 적는다.

　　잠수교가 보인다
　　보아도 이해되지 않지만 거기 있는 것
　　거기 있어서
　　건너갔다가 또 건너온다

　　건너갔다가 때로는
　　그 사람에게서 나에게로 다시 건너오지 못하는 것
　　이미 그렇게 설계된 것은
　　아무런 증명이 필요하지 않다

　　창밖에 수많은, 잠수교가
　　보인다

한 사람이 베푼 미덕도, 한 사람이 끼친 미덕도, 어떤 정서적 교류도 "건너갔다가 또 건너"와야 자연일 것 같다. 자연은 끝없이 탐구하고 증명해야 하나 설계된 것은 그 설계와 함께 증명도 끝난다. 시인은 "아무런 증명이 필요하지 않다"라고 말하지만, 이미 증명되어버린 자신의 운명에 만족하는 것은 물론 아니다. 인간은 자연이지만 또한 제 뜻을 세워 설계하는 자연이다. 인간이 자연 속에서 괴물인 것처럼 도시의 시설물이 그만큼 자연의 괴물이다. 설계된 인간의 시설이 설계할 수 없는 인간운명을 지시할 때 그것은 벌써 은유의 괴물이 된다. 따지고 보면 은유는 언제나 언어의 괴물이다. 그것은 한 사물을 지시하는 순간 제 꼬리를 감추고 기억과 연통하여 다른 사물로 둔갑한다. 은유는 문장의 요소에 잠복하여, 제 힘이 열 배 스무 배가 되는 순간을 기다린다. 다만 자연의 은유는 이치를 넘어서려 애쓰며 집중하는 자의 명상에서 그 증폭의 기회를 얻지만, 처음부터 감출 것이 없는 도시의 은유는 이치를 믿는 자의 방심한 정신을 기습하면서 그 폭발력을 얻는다.

생활터전을 도시에 둔 시인이 자연 속에 들어가면 다른 방식으로 느끼고 다른 방식으로 사유할까. 「반인반수(半人半水)」는 두 물줄기가 합치는 자리인 두물머리를 소재로 삼은 시이다. 역시 뒷부분을 적는다.

    물을 거슬러 시간의 반대방향으로 걸어가보면
    두 개에서 하나가 되는 것이 아니라

하나였던 몸이 둘로 나뉘는 장면이었습니다
한 몸에서 나온 둘이
각각의 이름을 갖고 거슬러 걸어가기 시작하는 그곳
느티나무 아래 이르러서는
강물에 손을 넣어 악수를 청했습니다
둘의 손을 내 한 손에 잡고
둘 가운데 누구를 따라갈지 몰라 오래 앉아 있었습니다

안개는 강가에 이불을 개켜놓고
저 너머 산 뒤로 몸을 옮깁니다

두 개의 물줄기가 하나로 합하는 지점은 또한 하나의 물
줄기가 둘로 갈라지는 곳이기도 하지 않는가. 물줄기를 거
슬러올라가면 온전한 물이 둘로 갈라져 '반수(半水)'가 되
듯이, 두 몸을 합친 한 몸으로 최초의 온전한 인간을 회복
한 사람들이 또다시 몸이 나뉘어 반인(半人)이 되는 시점이
있다. 계산이 잘된 은유지만 시의 전통주의자들을 당황하게
할 수도 있다. 물은 아래로 흐르는데 왜 물줄기를 거슬러올
라간단 말인가. 전통주의자들에게서 은유는 '자연의 이치'
라기보다는 차라리 '자연스러운 이치'라고 불러야 할 것을
기준으로 만들어진다. 물줄기를 거슬러올라가는 일이야 언
제나 가능하지만 그것이 은유의 이미지가 될 때 거기에는
벌써 반자연의 징후가 있다. 그것은 거기 있는 강이 아니라

지도 속의 강이다. 다시 말해서 도시인의 강이다.

시 「서해, 강화(江華)의 밤에」는 일종의 자연탐사 기록이다. 시인은 "먼 바다와 가까운 바다가 내통하는 소리를 녹취하려" 한밤에 바다로 나갔다. 먼 바다와 가까운 바다가 만나 먼 시간과 눈앞의 일들을 서로 교신한다. 시인은 시간을 상념하고 미래에 자기 자리에 서 있을 어떤 의식을 그려보기까지 한다. 그러나 뭍으로 돌아와 녹음기를 다시 틀어보았을 때,

나는 한밤 동안 안주머니에서 출렁이던
흐느낌만 담아서 돌아와 있었습니다

그가 녹음한 것은 먼 바다의 기억도 아니고 가까운 바다의 노역도 아니다. '흐느낌'은 그가 들으려 했고, 그가 상념하려 했던 것의 주관적이고 감정적인 추상일 뿐이다. 자연은 그에게 교훈을, 다시 말해서 현명한 은유를 만들어주지 않으며, 그는 자연이 자신에게 삼투되는 것도, 자신이 자연 속에 침잠하는 것도 사실상 거부한다. 자연과 시간의 기억을 녹음기 속에 가두려는 이 현대인은 삼라만상의 어느 지점에서건 조각난 도시의 시간에 맞추어 지금 이 자리에 필요한 것을 추출한다. 그러나 그가 이 추출물을 적어도 흐느낌으로 들을 수 있었던 것은 그가 시인이기 때문이다. 그의 체험은 추상화되고 물질화된 도시의 시간을 따라 흔적 없

이 흘러가버리지만, 그는 제 감수성의 상처가 확인될 때까지 이 낭비를 모질게 체험한다.

　이 점에서 시「평범경작생」이 말해주는 것은 많다. 시인 자신이 붙인 주를 포함하여 시의 전문을 인용한다.

　　　나는 구름을 경작하였다*
　　　나는 강물을 경작하였다**
　　　나는 바다를 경작하였다***

　　　누군들 태양을 향해 가고 싶지 않겠는가
　　　해를 등지고 저의 그림자를 경작하는 자의
　　　뒷모습은 환하면서 외롭고
　　　자신을 사랑하는 자의 앞섶은 그리하여 어두운데

　　　나는 저녁을 경작하였다****

　　* 구름을 일구어 비를 지었네. 비가 강물에 떨어지네.
　　** 강물을 갈아 별을 심었네. 별이 바다로 흘러가네.
　　*** 바다를 가다듬어 구름을 빚었네. 구름의 심장 박동수를 재어보네.
　　**** 저녁을 경작하여 지구를 쏘아올렸네. 그가 나를 23.5도 기운 눈빛으로 내려다보네.

시인은 창조자로서 구름과 강물과 바다를 경작하였다. 시구에 달린 주석은 그 경작의 내용을 나타낸다. 이 주석은 텍스트 내적이다. 다시 말해서 주석이 텍스트에 곁다리로 붙는 것이 아니라, 텍스트와 주석이 연동하여 일정한 의미의 형성에 동시에 간여한다. 그는 구름으로 비를 지어 강물에 떨어지게 하고, 강물에 별을 심어 바다로 흘러가게 하였으니, 참으로 크게 경작하였다. 그가 다시 바닷물을 길어올려 구름을 빚었다는 것이 세번째 주석의 내용이다. 그런데 이 주석에 한 문장의 토가 달렸다 : "구름의 심장 박동수를 재어보네." 구름이 생명을 얻었는지 알아본다는, 아니 구름이 감동했는지 타진한다는 뜻이겠다. 시인이 제 경작에 도취한 것도 아니고, 제 업적을 신뢰하는 것도 아니다. 그는 두번째 연에서 자신의 내심을 털어놓는다. 그는 태양과 맞서서 구름과 강물과 바다를 경작하고 싶었으나 정작은 태양을 등지고 제 그림자 하나를 경작하였을 뿐이다. 등뒤에 남긴 야망은 외롭고 아직 끌어안고 있는 포부는 어둡다. 그래서 그는 "저녁을 경작하였다"고 쓴다. 끌어안고 있는 어둠이 크기에 그것을 저녁이라고 불러도 무방하겠다. 그러나 시인은 그대로 물러서기가 억울하였든지 거창한 주석을 붙였다 : "저녁을 경작하여 지구를 쏘아올렸네." 그러자 지구가 "23.5도 기운 눈빛으로" 시인을 내려다본다. 공갈치지 마! 지구는 아마도 이렇게 말하고 싶었을 것이다. 구름과 강물과 바다의 경작은 보들레르의 말마따나 "도시에 살도록 형벌 받은 자"의 일이 아니다. 도시의 시인에게는, 시 「57분 교통정보」에서 읽을 수 있는 것처럼, 차를 모는 일에서건 다른 일에서건 "자신의 몸을 세워둘/ 네모 칸 하나 찾아가는 일"밖에 다른 일이 허용되지 않는다. 그러나 그 네모 칸 하나를 위해 얼마나 영웅적인 모험을 감행해야 하는가. 삼국지나 초한지의 영웅들이라 한들 서울 거리에 넘치는 차량의 파도를 21세기의 서울 시인보다 더 잘 헤쳐나가지는 못할 것이다. 이태백도 정송강도 이 서울에서 구름과 강물과 바다를 우리 시대의 시인보다 더 잘 경작하지는 못할 것이다. 윤성학은 도시의 경작생이다. 그의 경작은 평범하지만 그림자의 경작은 그의 창안이며 우리 시대의 업적이다.

그러나 이 창안이 그의 삶에 무엇을 도와줄 것이며, 이 업적에서 우리는 어떤 권능의 발휘를 기대할 것인가. 아무것도 희망할 것이 없다고 말해야 할 것이다. 이 분주한 도시에서 사건은 사건들 속에 묻히고, 때로는 울화의 형식으로, 때로는 깊은 슬픔의 파동으로, 때로는 환희의 발작으로 인간에게 밀려왔던 감정은 그것이 무엇인가를 점검해볼 여유도 남기지 않고 흔적 없이 사라진다. 어떤 변화가 있다면 그것은 그 반복의 주기가 날마다 짧아진다는 것뿐이며, 마침내는 모든 감정이 평준화되는 어떤 마비상태에 천천히 빠져든다는 것뿐이다. 시집을 끝막음하는 세 편의 시가 바로 그 정황에 대해 말한다. "날아가는 것들"에겐 "뒤로 나는 장치"가 없고, "흘러가는 것들"은 "뒤로 가는 법을 배우지 않았"음

을 '강습(江習)'하는, 다시 말해서 강에서 배우는 시 「강습(
江習)」에서, 시인은 그것이 제 삶의 처지이자 문학적 운명인
것을 안다. 시의 마지막 연에는 슬픈 아이러니가 담겨 있다.

강에 갔다가 돌아옵니다
돌아오기 위해서도 사람들은 앞으로 걷습니다
흘러간 날들의 내가
나를 불러 돌아서는데
뒷걸음이지만 나는 가까스로 앞으로 걷고 있었습니다

시인은 흘러간 날의 부름에 응해 돌아서지만 뒷걸음질로
라도 여전히 "앞으로" 가야 한다. 그는 제가 경작했던 것들
과 다시 만나지 못한다. 흐르는 것이란 뒷물결과 앞물결이,
가까운 것과 먼 것이 함께 가는 것이다. 그러나 그가 걷는 도
시인의 발걸음은 한 걸음 한 걸음이 다른 모든 걸음과 분리
되어 제각기 점 하나씩을 찍을 뿐이다. 그는 흐르지만 자신
이 정말 흐르는지, 그는 앞으로 가지만 자신이 정말 앞으로
가는지 의심한다. 그는 저에게 자아의 일관성을 보장해줄
진정한 기억이 있는지 의심한다. "뒷걸음이지만" 그가 "가
까스로 앞으로 걷고" 있다는 말의 속뜻은 앞으로 나가야만
하는 길에 뒤돌아보기가 그만큼 어렵다는 것이겠다. 그렇긴
하나, 앞으로 가면서도 어렵사리 뒤돌아서는 그에게 보답이
전혀 없다고는 말하지 말자. 보이지 않아도 짚이는 것은 있

다. 시 「깃든다는 것은」의 마지막 연이다.

　　　걷고 있고
　　　서둘지 않고 꼼꼼히 저물어오는데
　　　깃드는 것들은 대개
　　　잘 보이지 않고
　　　보아도 별것 아닌 얼룩
　　　깃드는 것은
　　　지구가 가장 지구처럼 보일 때
　　　그때 잠시 나타나는 것이기도 했다가
　　　지상의 별것 아닌 물산들의 등 언저리를
　　　잠시 빛내기도 했다가

　"잠시 빛내기도 했다가" 물론 사라질 것이다. "보아도 별것 아닌 얼룩"이면서 한순간이라도 빛나는 것은 얼마나 아름다우며, 빛나는 시간이 사라지는 시간인 것은 얼마나 안타까운가. 시인이 저 자신을 "원숭이"이며 "무리의 수컷 우두머리"라고 말하는 시 「자살공격 비행단」은 그 사라지는 것들에 관해 길게 말한다. 그는 한겨울 온천물에 몸을 담그고 있다. 중간에 삽입된 산문시 부분을 적는다.

　　온천물에 뛰어드는 눈송이를 보라 지난 세기 자살공격
　　비행단은 극명한 목표가 있었다 돌아오지 않기 위해 먼 길을 가본 자는 안다 이 눈송이들의 투신으로 무엇이 바뀌는가 한세상 뛰어들어도 온천의 수위는 높아지지 않고 물은 식지 않는다

눈을 떴다 이 섬은 희고 청한하다 무리 중 누군가 무의미를 무의미라 말한다 나는 눈을 돌리지 않았다 그렇다면 의미는 어디까지 의미 있는지 잠시라도 아름답다면 그것은 의미인지 무의미인지 아름다움은 누가 규정하는지 묻지 않았다

시를 쓴다고 해서, 그 시가 아름답고 말하기 어려운 진리로 빛난다고 해서, 무엇이 달라지는가. 시를 쓰는 자는 "지난 세기 자살공격 비행단"처럼 "극명한 목표"를 선언하는 것은 아니지만 "돌아오지 않기 위해 먼 길을" 간다는 점에서는 그 비행단과 같다. 그 기획은 실제적인 효과를 내세울 수 없기에 무의미하다. 그러나 의미를 뽐내는 것들은 무슨 일을 했는가. 시인이 자신을 원숭이라 말하는 것은 발가벗고 온천욕을 하고 있기 때문만은 아니다. "한세상 뛰어들어도 온천의 수위는 높아지지 않고 물은 식지 않는" 문명의 현상학에 그 진정한 이유가 있다. 인간은 제가 살고 있는 시대를 대명천지라고 오래전부터 말해왔지만, 인간은 여전히 잔인하고 미개하다. 도시의 찬란한 숲에서 인간은 여전히 사냥꾼이다. 제가 원숭이인 것을 아는 원숭이는 보람 없이 사라지는 것들의 무의미한 역사에 주눅들지 않는다. 그에게는

한 세계의 경작이 지금 시작되고 있을 뿐이다.

　남들이 끝내 개선되지 않는 본능을 뽐내며 도시를 사냥꾼으로 배회할 때, 시인은 아침마다 저「국부론」의 "국부"를, 저「남자는 허리다」의 "허리"를 다시금 확인하는 감수성으로 도시의 미개인이 된다. 그가 도시에서 얻어낸 깊이는 그의 몸을 감싸기도 전에 사라지지만, 그 깊이가 만드는 순간의 은유는 무의미한 것이 아니다. 그것은 적어도 희망 없이 경작할 수 있는 용기를 준다. 시는 희망 없는 것들이 유일한 희망이 되는 어떤 비밀한 시간에 대한 알레고리가 아니던가.

윤성학 1971년 서울에서 태어났다. 중앙대학교 문예창
작학과를 졸업했다. 2002년 문화일보 신춘문예 시 부문에
당선되어 등단했다. 시집으로 『당랑권 전성시대』가 있다.

― 문학동네시인선 040
쌍칼이라 불러다오
ⓒ 윤성학 2013

― 1판 1쇄 2013년 5월 15일
1판 2쇄 2019년 12월 11일

지은이 | 윤성학
펴낸이 | 염현숙
책임편집 | 강윤정
편집 | 김민정 김필균 김형균 유성원
디자인 | 수류산방(樹流山房)
본문 디자인 | 유현아
마케팅 | 정민호 박보람 나해진 최원석 우상욱
홍보 | 김희숙 김상만 오혜림 지문희 우상희
제작 | 강신은 김동욱 임현식
제작처 | 영신사

펴낸곳 | (주)문학동네
출판등록 | 1993년 10월 22일 제406-2003-000045호
주소 | 10881 경기도 파주시 회동길 210
전자우편 | editor@munhak.com
대표전화 | 031) 955-8888 팩스 | 031) 955-8855
문의전화 | 031) 955-3576(마케팅), 031) 955-8865(편집)
문학동네카페 | http://cafe.naver.com/mhdn
북클럽문학동네 | http://bookclubmunhak.com

ISBN 978-89-546-2130-4 03810

www.munhak.com

문학동네